Isaac Moses Hersch

Herr Richard Wagner, der musikal'sche Struwelpeter

Isaac Moses Hersch

Herr Richard Wagner, der musikal'sche Struwelpeter

ISBN/EAN: 9783743654815

Hergestellt in Europa, USA, Kanada, Australien, Japan

Cover: Foto ©Raphael Reischuk / pixelio.de

Weitere Bücher finden Sie auf **www.hansebooks.com**

Herr Richard Wogner,

der musikal'sche Struwelpeter,

saane naiste Oper: Crischan Isosollbich!

saane grauße Carophonie ßu Bayreuth

un

saan forchtbarey Tod.

Weih geschriggen ibber das grauße Schlemassel (um sen)!

Vertraaliches Schreibebriefle

an

Rebbe Schmul in Schermeißel

bun

Isaac Moses Hersch.

Alsleben a/S. 1876.

Selbstverlag und Eigenthum des Verfassers.

Zu beziehen durch E. Schlegel's Filiale.

Scholem aleikum (Friede sei mit Euch), libber Rebbe (Rabbi) Schmul!

Vor allen Dingen beantworten Se mer die Frog, aß Se mer schreiben ä Schreibebriefle, was Se holten vun aanem undankberen Menschen, dos haaßt, so schwarz undankber, aß Sie 'n sich norr können denken. For mir is äsau aan Mensch aan grundschlechter Kerl un unter'm Hünd, denn aan Hünd leckt de Hand, vun der er krigt Mackes (Schläge), während äsau aan Mensch beißt die Hand, die ihm thut Gut's. De mieße meschunno (Schwerenoth) ibber äsau aan schlechten Kerl, vo= bermit ich noch nischt hob gewellt sogen, der Herr Wogner, alias Struwelpeter, vun dem han= delt dies L'owemes (Brief), is äsau aan Cujon, fün= bern ich maane norr. Se werden mer versteih'n, Rebbe. Ich mach Sie aafmerksam vraaf, weil hot gesogt aan grausser deppelmatscher Spitzbub der Neuzeit: „die Undankborkeit wär die wohre Unab= hängigkeit der Seel". Was sogen Se dobersju? Werd die Welt nischt immer schlechter?

Und nu hören Se sju.

Werden Se sich erinnern, boß ich Ihnen hob geschickt sjor Sjeit, aß se is erschienen, de ge=

waltige Brochüre vun Herrn Richard Wogner: „Das Judenthum in der Musik", woribber is entstanden dozumol aan graußes Gezeinke (Geschrei) in der ganzen Preß, weil's doch hat geschienen, aß wollt er fressen aaf de ganze Jiddenschaft, was rümlaaft aaf Erben, mit Haut un Hoor, was, aafrichtig gesogt, wär gewesen aan origineller Teudt (Tod) fer uns Jidden, die mer so sehr libben 's Originelle. Parre's Mackes (Pharao's Plagen) aaf ihn! Ä Stuß (Narrheit)! Mer Jidden senen ober noch immer do un wo mer aach laßt spielen un brüllen Herrn Wogner's vermeintliche Weltopern, weih geschriggen! hot doch noch nischt gefallen die Musik aanem aanzigen vernünftigen Menschen un der Text doch absolument totalement schon gor kei'm.

Da Se nu wohnen in Schermeissel un interessiren sich fer alles Musikal'sche, libber Rebbe, un effscher (vielleicht) hoben gehtert wenig oder gornischt ibber Herrn Richard Wogner, so lassen Se sich verzählen die Schmue (Geschichte), was es hat aaf sich mit diesem Mann.

Wie Se werden wissen aas 'm Talmud, hot gelebt in ganß alter Szeit der selige Tubalkain, wos is gewesen der erschte Musikant aaf Erden, indem bun ihm steht geschribben: „er hämmerte Täg und Nächt", dorunter norr kann verstanden werden, boß er is gewesen der Euberschte bun den Clavierpaukern à la Lißzt. Bun saanen Sinfenien un Fantesien is obber gekimmen nischt aaf be Nach-

5

welt, woribber ich jedoch stimm an kaane Klagelieber, worüm? weil heintzutäg schon is Gekllimper ibber Gekllimper un wär also noch boller Gekllimper, aß mer aach noch hätten geerbt vun Herrn Tuballain effscher fufzig bis hundert Opus. Schneid dir ä Krie (Sieh dir einen Staar)! Is doch gut, doß se sennen geworden Mak'latur un alt Käsepapier.

Dabraaf sennen gekimmen gegangen sju geh'n die forchtbare Musikanten von Schlaume meilech (König Salomo), wos senn gewesen ibber sechs Daasend — aß mer's glaabt — un hoben gemacht aan Pischtokel (Spektakel), Geschmetter un Schneoberengung, doß Schlaume meilech hat gekroggen de Krämpf, hot vergessen allen Anstand un sich sjugelegt an die dreibaasend Kebsweiber, doberbei er denn is geworden bestrampelt (verrückt) un hot geschribben seine Sprüch un seine Weisheit, sju geschwaigen vun sei'm Hohenlied, wos der Aane halt fer ä Spooß, der Andre fer Ernst un wodrunter versteikt der Aane dos himmlische Jerusalem, der Andre aane scheine Kalle (Geliebte). Nu, de Ansichten sennen eben verschieden. Haste geseh'n!

Denn sennen gekimmen gegangen sju geh'n die alte Großmeister der Aschkenosim (Deutschen), zom Beispiel der Händel, der Bach, der Haydn, der Mozart, der Beethoven, der Weber, der Schubert, der Mendelssohn un noch mancher Andere un hoben gemacht aane himmlische ... aß mer gornischt sogen kann un hoben

verzückt de ganße Menschlichkeit in aller Herren
Ländern. Is norr aane Stimm bodribber un hot
geschienen, aß se hoben cumpenirt, de Sonn ibber
alle Menschen. Dodraaf is ebber geworden szum
szweiten Mol Chaushech mizrajim (ägyptische Fin=
sterniß), aß erschien in heintiger Szeit der musikal'sche
Struwelpeter, Herr Richard Wogner, wos
hat gestellt das Unterschte szu euberscht un des
Euberschte szu unterscht. Da nu wie in der Natur
Alles norr geht schrittweis vorwärts un schreitet
nischt vor in Sprüng, also aach in der Kunst, bo=
drin sich aach reihen die Glieder des Fortschritts
regelmäßig an aanander wie die Glieder vun aaner
Kett. Was sell un kann mer boderwegen sogen szu
aanen meschuggen (wahnsinnigen) Häring, aß is der
Herr Wogner, wos leid't an Größenwahnsinn
un wos nu erscht gor szu dem Klavierspieler Franz
Lißzt, wos leid't an Koller un Kopfbläbungen
un vun dem ich hob gelesen selber aanen eigenhän=
digen Schreibebrief, bodrin er die ganße bisherige
Musikwelt, inclusive Mozart, Beethoven,
Weber und de Anderen erklärt für aan „Babel,
bem müßt gemacht werden der Krieg à outrance!"
Libber Rebbe Schmul, was sogen Se szu äsa
aanem Kerl! Fallt Ihnen bei diesem ibbersiebzig=
jährigen Greis, den aaffressen Eitelkeit un Dünkel,
nischt ein der schöne Vers aas dem Volksliede: „In
der graußen Seestadt Leipzig" un der do heißt:

    „Aaf 'm Dache sitzt aan Greis,
    „Der sich nischt szu helfen weiß?"

So weiß aach diesem alte vergissimmelte Abbé sich nischt mehr fzu helfen. Aufstehen möcht er doch noch machen fer sein Leben gern, obber die Jugend is fort, bei de Welber steht nischt mehr für ihn in Aassicht gemacht werden fzu können un nu is er, wie die alte Chonten (liederliche Dirnen) in Alter fromm werden, Galochim (Priester) geworden, trägt aane Soutane un würde predigen sogor das Evangelium den Schwarzen in Afrika, voraasgesetzt, doß er doberbei hätt' distinguirte weiße Herr'n un Damen der höchsten Stände in Glacéhandschuh aß Szuschauer un Szuhörer.

Aane graußse Menge Dalfen (Dummköpfe) halten Struwelpeters Hartnäckigkeit fer Genie. Nach maaner Meinung un Ibberfzeugung is de Musik Mellodie. Aane Musik ohne Mellodie kimmt mir vor wie aan Hasenbroten mit Grünkohl, der norr besteht aas Grünkohl un doberbei fehlt der Has'. Das Wissen is aan Mittel un nischt aan Szweck. Mer sogt immer de Wognersche un Lißztsche Musik is gelehrt, obber wer sogt's? Norr szumeist Kritiker, die das nischt können wissen. Der unsterbliche Mozart sogte aanmol fzu aanem Musiker: „Sie hoben efsscher (weder) Genie, efsscher (noch) Erfindungsgab. Ihnen bleibt nischt weiter ibbrig, aß fzu sennen gelehrt." Mer hätt' jau gern gelaßt bem Herrn Lißzt, diesem kindischen Greis saanen Ruhm aß Clavierpauker, obber doß er anfangt in den Siebzigern fzu cumpeniren, Campesitionen, dobervon mer kriegt Haataasschläg, dos is denn doch zzu toll un noch doller, doß sich finden Aßr beheime (Narren) in Aschkennas (Deutschland), die aafführen un bewoundern selche musikal'sche Mak'latur. Wörtlich gebild'te Leut vun gesondem Geschmack können norr szucken die Achseln boderszu un sogen: „Leßt den alten kind'schen Mann machen." Nimmt mer heintszutäg aanen Dienstmann oder Droschkenkutscher, so wird mer können machen aas ihm mit Hilfe der Szeit un guter Lehrer aanen Geliebrten. Struwelpeters Musik, die ich aach in maaner allerdustersten Stunde nischt acceptir aß Musik, is des Resultat vun aaner falschen Appreciation. Er will molen derch die Musik, was schildern Worte un dies is eben kaan Fortschritt, sundern aane Entwördigung. De Musik steht ibber de Poesie; sie beginnt do, wo die Sprooch hat aan End. Die, welche sie wellen nothszüchtigen un szwingen bis szer Ebenbörtigkeit der Sprooch, kimmen mer vor wie aan Jäger, wos schießt herunter mit aaner schweren Kugel aane Mück aas der Luft. Struwelpeter hot gefinnen, doß is veraltet der Rhythmus un hot ihn doderwegen stellenweiß unterdrückt. In der Poesie sennen gleichfalls sehr alt Reim un Maaß un doch behält mer se bei. Wenn Aaner unterdrückt Melleodie un Rythmus in der Musik, so bleibt nischt weiter ibbrig aß aan oltes Hühnergeripp vun Lärm un Langeweil. Ich mißtraue aaner jeden Musik, an der man mer erscht will beweisen ihre Schönheiten. De Musik fühlt un empfindet

man, Struwelpeters Musik wendet sich an den Verstand. Weih! wos macht der Verstand mit der Musik?! Ich waaß, deß man mer wird nennen aanen Ignoranten; allaan der selige Orphens, was doch wor im Olymp Stadtmusikus, entzückte Tigger un Panther, die esfscher (vielleicht) woren ebensau unwissend aß ich. Wohin Struwelpeter will heint, wor Hektor Berlioz schon vor beinah verzig Iohren, aß er uns schilderte musikalisch, wie er dies szeigt selber an im Programm in der Romeosiufenie, wie Romeo empfind't die erschte Wörkungen vum Gift, also wie er hot die Kolik! Weih! vorgesehen! Die Violinen drucken dies aas börch aan kreischendes Geräusch un ich hob selber gehiert mit maanen eigenen Ohren, daß ho! gerufen aan Amhoretz (Dummkopf): „Gott, der Gerechter, wie herrlich is geschildert diese Kolik!" Un aß ich bodernooch hob gehiert aanen betäubenden Skandal vun Bäß un Hörnern un hob gewünscht szu wissen, was sell bedeuten äsau aan musikal'scher Unfug, bekam ich dorch das Programm de Aaskunft dahin: „der Garten der Capulett's, schweigsam un öde". Haste gesehen! Aane Chuzpe (Narrheit)!

Ich bin aan Mensch vun gutem Glaaben, libber Rebbe Schmul, un bewondere Struwelpeters Aasbaaer un würd' mer schätzen glücklich, aß ich könnt applaudiren bei saaner Musik. Ich hob gestanden bei Aafführungen vun derselben förmlich aaf der Lauer nach aaner Melledie, allaan es kam aach

nischt das Geringste, was dorernach aassah; ich
hob mer gelangweilt, daß ich hob gekriegt de Platz
un de Barscht (bin geplatzt), obber ich wurde nischt
im Geringsten erregt oder mit fortgerissen. Do
hoben mer de Chammer (Narren) gesogt: „Ich
könnt nischt beortheilen gelehrte Musik". Narrisch-
keit! Beethovens Musik is aach gelehrt, obber
se het woll noch nischt gelangweilt aanen aanzigen
Menschen aaf Erden, mich verzückt un versetzt se
in de süßeste und erhobenste Träumerei n; Mo-
zart's Musik is gewiß gelehrt un verzückt mich
ibber de Maaße; Weber's Musik is aach gelehrt
un je bezaubert mich un regt mich aaf. Ligt do-
derwegen nischt aan grauses Verbrechen in dem so
leichtsinnig ertheilten Ruhm für Struwelpeter-
Wogner, Lißzt un Consorten, doß, um die
schöne Krone ihren Resche (Köpfen) anzupassen,
mer se verkleinern mußte, wodurch se is geworden
szu klein fer de Männer bun wörklichem Genie,
obgleich doderbon szu sprechen aaf musikalischem
Gebiet in Aschkennas (Deutschland) mer heint nischt
mehr des Recht hat.

Nu kimmen aane Menge dummer Menschen,
wenn ich mer bekloog dribber beim Anhieren stru-
welpeterscher Musik, doß se mich langweilt un
sogen: des mussen Se öfter hieren, aß aan Mol.

Nu, ich danke schön!

Aaf aane solche Chuzpe (Narrheit) fall ich nischt
rein: de Schling is szu grob. Wie! Aane Musik,
die mir gefällt, sell ich norr hieren aan Mol un

vier, fünf Mol sell ich die hieren, die mich langweilt? Werüm nischt gor! Verschwarzen (verderben) sellen se un Gras sell wachsen vor ihrer Thür, aß ich bun so dumm!

Nein, bester Rebbe, aaf diesen Zopf beiß ich nischt. Musik, die mir gefallt, will ich hieren so oft aß möglich un wenn ich mol hör dörch aanen onglücklichen Szufall Szukunftsmusik, die mich langweilt, so thut mer's leid, daß es giebt fer mich kaan anderes Mittel, üm dies aaßzudrücken, aß offen szu erklären: Se langweilt mich bis szum Peichern (Sterben).

Lassen Se sich hier verszählen, libber Rebbe, aane klaane Geschichte vun dem graußen Cumpenisten Rossini un Struwelpeter-Wognern. Aß mer aammol hot gesprecht mit Rossini'n ibber Wogner'n un saane Musik, sogte Rossini: „Er is aan Mann vun vielem Wissen, ebber aach aan dorch aan falsches System verdorbenes Talent. Saane Musik is voller Wissen — bloß es fehlt ihr der Rythmus, de Form, de Idee, de Melledie", was hunngefähr so viel haaßt, aß: es is aan Messer, bloß es hot kaane Klinge und kaan Heft. Un aß er so hot gesprecht, hot er vorgelegt seinen Gästen aanen prächtigen Fisch mit Capersauce un aß nu is gekimmen de Reihe an den Cumpenisten Caraffa, was sich hotte gestritten fer Wognern gegen alle andere Künstler, die woren szugegen bei Tisch, hot ihm gesend't der Rossini norr de graufze Gräte mit Sauce un Capern. „Meil hot

gerufen der Caraffa, worüm giebste mer kaanen Fisch?" — „Was schreiste?" hat ihm gegeben der Rossini szor Tschuwo (Antwort): „Bedien ich Dich doch nach Deinem Geschmack — dos is wognersche Musik: Gräte, Sauce, obber kaan Fisch!" Un sehn Se, dos hob ich aach gesinnen (gefunden) in Crischan Isosolldich: Weiß geschriggen ibber de Gräten! Nischt aß Gräten, nischt mol ä Bissel Sauce, oder mer müßt denn sellen nehmen fer Sauce de lange Violinbandwörmer. Ich kann Ihnen sogen: mer is geworden ganß miserablig szu Minth bei äsan aaner Musik fast bes szor Ohnmächtigkeit un is mer doderbei eingefallen, was sogt der geistreiche Haus Hopfen doribber un was steht in diesem Lowenes (Brief) Seite 37. Ich fer mein Theil soge: Nu ich hob gehiert diese Oper, nu waaß ich erscht, was is kaane Musik. Szum Zutan (Teufel) nischt mol! hot der Apollo un Orpheus szu alter Szeit gemacht Musik äsan schön, daß ihm haben gehört szu de Ochs un Esel, mecht dieser heintige musikal'sche Struwelpeter aane so grausliche Musik, vor der nischt blos aasreißen Ochs und Esel, sündern alle Menschen un bei der wackeln Wände un szwor nischt bloß de alten, sündern aach de ganß neuen un massiv aafgeführten, denn Struwelpeter-Wogner is aan echter Musikklempner, was fast norr macht Meloche (Arbeit) in Blech. Se werden mer versteihn, Rebbe, Blech is hier doppelsinnig un so maan ich's, nämlich gedoppelt. Heiliger Bramah,

Püsterich un Crode! (Ich nenn hier die alt=
preuß'sche heidnische Götter, mechiles reiden (mit
Respekt zu melden), weil es doch is verboten uns
Jidden, auszurufen unnütlich den Nomen unsers
Gottes, szumol bei äsau aaner erbärmiglichen Ge=
legenheit, wo norr hot der Zutan (Satan) seine
Hand im Spiel un wo mer sucht vergebens ä Fünk=
chen Göttliches.) Ich hob mer bis aaf'n Grund
mein's Herzens deberven ibbersjeugt, daß der be=
rühmte Dokter Puschmann, was doch is der
euberschte Deregent vum münchener Dollhaas, hot
Recht, aß er schon hot geschribben vor szwaa Johren
saane Brochüre: „Richard Wogner. Aane
psychiatrische Studie", dodrin er hot nachgewiesen
Schritt ser Schritt de allmählich immer mehr szu=
nehmende Verrücktigkeit vun Herrn Wogner un
daß er ihm mol wird fallen in de Händ in de
Orrenanstalt un unter uns gesogt, ich glaab,
Wogner hat sich bloß dederwegen verzogen vun
München nach Bahreuth. Jau, Doktor Pusch=
mann hot Recht: Wogners Schicksal un End=
port is das Orrenhaas un ihm treibt er szu un=
vermeidlich mit vollen Segeln. Ganz eben äsau
hot seiner Szeit der berühmte französische Orrenarzt
Morel voraasgesogt vun Grof Chorinsky:
„Innerhalb aan's Johr's is'r meschugge (verrückt)
oder ich will verlieren maane Ehr"; 's hot's ihm
kaaner glaaben wellen, obber nooch sechs Monat
moßten se anlegen Chorinsky'n de Szwangs=
jacke un Morel hot heint noch saane Ehr.

Recht herzinniglich hob ich drüm bedaaert maan schönes koscheres Geld, wos ich hob gegeben fer aan Billet szu Trischan Isoelldich, denn ich bin doderbei begannest (bestohlen) szwaa Mol. In maaner kindlichen Onschold dacht ich: Angenimmen, de Musik taagt nischt, so wirste finden deine Genugthuung am Gedicht un angenimmen, des Gedicht taagt nischt, so wirste hoben Dein Plaisirvergnügen an der Musik. Inwes halew (Herzeleid)! Wissen Se, wie 's is ergangen aanen dun meinen Bekannten? Hören Se szu.

Mein Freund Loewy hotte geliefert dem Marcus Seligmann vor Monaten ä grauße Portion Bettfedern, die er ihm ober nischt gleich hot beszahlt, sündern hot'n vertröst't, er sell wiederkimmen. Nach vier Monaten is mein Freund Adolf Loewy gekimmen szum Seligmann, um szu horchen, ob er kann kriggen Messummen (Geld), hot gestanden der Seligmann hinter'm Ladentisch, der Loewy dervor un hot der Loewy gefrogt: —

— Herr Seligmann, Se wissen, daß ich Ihnen hob gebrengt vor sechs Monat verzig Pfund Daunen. —

— Mei, sogen Se schon nischt Daunen, sogen Se schon bloß schlechte schmutzige Federn, hat der Seligmann geantwort't.

— De Federn hoben Se erhalten, nischt wohr? hot gefrogt der Loewy.

— Jau, sogte Seligmann.

— Was hoben Se dovermit gemacht? frogte Loewh.

— Nü, was sell ich hoben mit gemacht? Bilden Se sich effischer (vielleicht) ein, ich hob se eingepökelt oder eingelocht? doderszu woren se mer szu schmutzig. Verkaaft hob ich se.

— Un hoben bekimmen 's Geld?

— Natürlich hob ich bekimmen 's Geld. Wer giebt 's Geld, kriegt de Woor.

— Hoben Se es denn nischt mehr?

— Gefeires un Charbaunes (Kreuz und Leid)! wie long hob ich dos schon widder gegeben aas!

— Nü, denn geben Se mer de Federn.

— Hob ich Ihnen doch schon Mol gesogt: Ich hob se verkaaft.

— Denn geben Se mer das Geld.

— Weih! wo soll ich hernehmen's Geld? Hob ich's Ihnen doch gesogt: ich hob's gegeben aas.

— Nü, wenn Se nischt hoben's Geld, so geben Se mer de Federn.

Aß se sennen gekimmen bis hierher is aafgestanden de Frau Seligmann un hot gesogt szu ihrem Mann:

— Mei, Seligmann, ich kann Dir nischt begreifen, worüm Du Dir hälst aaf mit diesem Menschen. Wos is das fer ä Mensch? Bald red't er vun Federn, bald red't er vun Geld, dann will er wieder hoben Federn, dann will er wieder hoben Geld — Ich sog Dir, halt Dir nischt aaf mit

diesem Menschen, dieser Mensch scheint mer aan graußer Schwindler szu sein.

Un sehen Se, libber Rebbe Schmul, äsau is mer's aach ergangen mit Struwelpeters Oper. Wie mein Freund Loewy nischt hot gekroggen effscher (weder) Federn, effscher (noch) Geld, äsau hob ich fer mein schönes loscheres (gut, rein) Geld nischt beseh'n effscher Oper, effscher Gedicht — weil nischt do wor. Un wie der Loewy is geworden aasgeschumpfen aß ä Schwindler, äsau maanen heint noch gewisse Dalfen (Narren), ich verstünd nischt dun Struwelpeter's göttlicher Musik. Acapore (zum Teufel) dobermit!

Ich muß Ihnen gesteh'n, Rebbe: Ich schäm mer heint szu sogen, daß ich bin aan Berliner. Worüm? weil mer in diesem Mokum (Stadt) hat gemacht aan so graußes Aafsehen mit dem frechen musikal'schen Struwelpeter, denn frech nenn ich aanen Musikanten, wos schreibt:

a. In der Vorred szu saanem Ring des Niebelungen „vor ihm hätt Aschkenas (Deutschland) noch nicht gehobt aane Oper". Wissen Se, wär ich aan Musikant, ich schlüg ihm wegen äsau aaner Chilel haschem (Gotteslästerung) an Mozart, Beethoven un Weber den Fiedelbogen aaf'm Rosch (Kopf) entszwei.

b. Hot er ümgeorchestrirt de neinte Sinfenie dun Beethoven, weshalb ihm schon hot geschribben der franzö'sche Cumpenist Gounod aanen prächtig nidderträchtig malitiösen Brief. Könne

Se's glaaben, libber Rebbe? De neinte Sinfenie: wos is aan Chimborasso vun Granßartigkeit, doverbei ich vor tiefer Rührung stets moß planchenen (weinen) un nehm mer doverwegen immer mit drei Schnuppbücher, besündersch wenn kimmt der ibberhimmlische Chor: „Seid umschlungen, Millionen!" Hoben Se verstanden: Millionen! welch rechtglaibiges jiddisches Herz dreht sich doverbei nischt vor Zimche (Wonne) im Leibe szehn Mol üm und üm, wie aane jonge Katz, was well haschen ihr Schwänzchen? Welch aan göttlicher Mensch dieser Schiller! wos hot gehobt Sinn fer's Praktische un is selber geworden so verzückt, doß er singt gleich draaf: „Diesen Kuß der ganzen Welt"! Nu natürlich! Nischt aanen Kuß, taasend Kuß, honderttaasend Kuß der ganzen Welt nooch äsau aanen erhobenen Gedanken! Un benn dieser göttliche Beethoven! Wos fer Musik bei den himmlischen Worten: „Seid umschlungen, Millionen!" Ich sog Ihnen, Rebbe, grod aß hierte mer aane Million unbeschnitt'ner Tolaten de Trepp runterporzeln, norr viel, viel schöner. Un bos will äsau aan verwilderter Kerl, wie dieser Struwelpeter ünnorcheftriren?! De miese meschunno (Schwerenoth), de bippels Gedages (Allgemeine Verwünschung) aaf ihn!

Un sehn Se, bos all's hot hingenimmen be musikal'sche Welt un Kritik der Aschkenosim, ohne zu schreien nach aa'm Kreisphhsikus, um lassen

fzu unterfuchen, ob äfau aan frecher Berfch noch
länger darf frei rümlaafen im deutfchen Reich.

Szweitens heb ich Urfach, mer bitterlich fzu be-
klogen ibber'n preu'fchen Adel. Is es nifcht genug,
doß mer feiner Szeit hoben aasgehalten de Mufik
un de Cumpefitionen vun Grof Redern, kaiferlichem
Oberkammerherr un doß mer noch aashalten alleweil
de Mufik vum Grof Bolko vun Hochberg —
Se werden fzugefteh'n, der Näm Bolko is fehr
mufikal'fch un laßt vermuthen, daß er böllt ordent-
lich —, wos hot gefchribben aane Oper: der Währ-
wolf, die aaffzuführen der königliche Intendant
fzu Hannover hot gehobt letzthin de grauße Unver-
fichtigkeit, woraaf fich allvorten hoben eingeftellt
fofort de Diphteritus, de Kränk (Krankheit) an'n
Athmungsorganen, donocher geht de Leut aas de
Puft' un is eingetreten 's Grundwaffer — Schle-
maffel (Unglück) — ibber Schlemaffel! — aane
Mufik vun diefen beiden Mufikgrofen, dobervon
fchon hot gefchribben der alte Dichter Hagedorn
aß aan wahrer Nowle (Prophet), wenn er fingt:

„Thier und Menfchen fchliefen feft,
Selbft der Hausprophete fchlief,
Als aan Schwarm gefchwänzter Gäfte
Bon den nächften Dächern ftieg.

„In dem Haafe eines Reichen
Stimmten fie ihr Liedchen an,
Selch aan Lied, dos Stein erweichen,
Menfchen rafend machen kann."

Is es nischt emiss (genung), doß mer hoben im preu'schen Voterland ajau aan Schlemassel unter uns dulden szu müssen, diese baade Grosen, kimmt aach noch jetzt daszu aane Frau vun Schleinitz, wos is de Nekeiwe (Frau) vun aanem Minister szu Berlin un macht sich szu Struwelpeter's Tambour un rührt de Trommel wie de Tochter des Regiments fer diesen musikal'schen Sonderling, norr üm sich zu machen ä Nomen wie der heilige Herostratus, was hot angesteckt in alter Szeit ä fünfstöckiges Gebäude mit 54 Miethern und 106 Daasend Tholer Feuerkasse, bloß üm fort szu leben in der Geschichte. Ich kann mer kaanen Vers machen aaf diese Perszon un möcht wohl hieren de Meinung vum Doktor Puschmann ibber se. Recht richtig im Oberstübchen moß es obber bei ihr nischt sein, so viel steht fest; ich hätt' se nischt geheiroth't, denn aane Frau, wos sich begeistert fer Brennnesseln un riecht gern an Stinkblumen, hot kaane Gesondheit, sündern is chaule (krank). Verleicht wird se mol Hofdame bei der künftigen Königin vum Bayern, wenn Meilech (König) Ludwig mol szu verheirathen in Aasficht szu steh'n in de Menschenmöglichkeit kimmen sollte, denn er is derjenige, wos hot angefangen den Wognertorkel un hot ihm geschonken szwaa mol honderttaasend Tholer szor Aasführung saaner Musiknarrischkeiten. Gott der Gerechter! Wer hot geschouken vun sämmtlichen Ferschten in Aschkennas (Deutschland) —

Charpe un Busche (Schimpf und Schande)! — aanem Mozart, Beethoven oder Weber aach nerr taasend, aach nerr fünfhondert, jau, aach nerr hondert Thaler! Obber bedrin hot se aach ereilt des Schmatyes (Himmel) Zorn un hot gefressen de meisten vun ihnen der schreckliche Preuß un wird noch fressen die Ibbrigen, dadörch wird angerichtet weiter kaan Hessel (Schaden), szu allererscht obber fercht ich, wird er fressen den bayerschen Meilech (König), wodörch wärde am Sicherlichsten vermieden, daß der Struwelpeter-Krebs in der Musik sich fräßt noch weiter fort. Diese Fraa vun Schleinitz soll am meisten sennen bemüht, den Herrn Wogner szum preu'schen Gen'rol-Musikderekter szu machen, also szum Nachfolger vun Spontini, dem edeln Mendelssohn un dem fliegen Meyerbeer — O heu! O Stroh! un sie hot's dahin gebrengt, daß aane hohe Persöhnlichkeit in Berlin hot gekaaft fer 7500 Thaler Antheilscheine för den bayreuther Musikrabau. Nu frogen sich alle vernünftige Leut heunt, wer wird kriggen diese 25 Antheilscheine, üm se szu benutzen? denn dodermit is verbunden dos Rech — weih! weih! — szu hieren vier Täg hinter aananber den ganszen Ring des Niegelungen in Bayreuth, dos haaßt: wer's aashalt't. Ich würd lassen machen ä wissenschaftliches Experiment un hinschicken fünf un zwanzig szum Teudt (Tode) verortheilte Verbrecher, üm szu sehen, ob's de Kerls aashalten un würd geben be Freiheit denen,

bei welchen dies is der Fall. Viele maanen, se
würden well werden vertheilt an 25 preuß'sche Tam-
bours oder Unteroffiziers, obber mit freier Hin-
un Rückfohrt, sowie szehn Thaler Diäten den Tag,
denn freiwillig un fer ümsünst wird wohl geben
Kaaner dohin. Ich wenigstens fer maan Theil
würde danken mit aller Entschiedenheit för diese
musikal'sche Spitalsuppe des Herrn Struwel-
peter, aaf der aan aanziges melodiöses Fettaage,
un wär's aach ranzig, nooch maaner Meinung selbst
mit ä Herschel'schen Telescop entdecken szu können
aach in entferntester Aassicht szu stehen noch nischt
gedenken gedacht werden dürfte. Diese Fraa vun
Schleinitz — ob se is Baronin, waaß ich nischt,
und is mer aach sehr gleichgiltig*), — kimmt mer,
wie gesogt, ver wie der heilige Herostratus,
denn daß aane gebildete Dame, wos klimpert Cla-
vier, sellt hoben äsau aanen erbärmlichen Geschmack,
üm szu finden schön de struwelpetersche Cum-
positionen un Opern, kann ich mer doch gor nischt
denken fer menschenmöglich, selbst nischt in maener
allerdustersten Stund. Kochen möcht ich mer fer

*) Es herrscht nämlich szer Szeit bei gewissen Abligen aane wahre Sucht
sich szu nennen Baron. Einfache Ablige hoben mer heinszutag fast gor
nischt mehr in Preußen. Denken Se sich, sogar ä geadelter Jid heißt
äsau, nämlich der Baron von Cohn in Dessau. Ferlan werd
ich aach schreiben: an den berühmten Rebbe Baron-Schmul.
Cohn eder Schmul is doch dat Schmue (eine). Ich freg ebber bloß,
wos werken machen de preusche Barone, wenn se werden hieren, daß in
Wien aan jeder anständige Schuster un Schneider is Baron, nennt sich
so un wird so genennt?!

alle Fälle von ihr nischt lassen, denn des könnt unmöglich schmecken, do je hot laanen Geschmack, was doch is schon der aane Köchin de Haaptsach. Aß ich wär ihr Mann, ließ ich se wieder anfangen in der Musik szu klimpern von vorn un szwor de Kotzeluch'sche Kindersonatinen, domit sich erschd wieder reinigt ihre musikal'sche Szunge. Hot diese Fraa veranstalt't ser den Herrn Struwelpeter aane Lotterie un hot ihm szugeschanzt dodermit sibbentaasend Tholer; hätt können machen was Besseres. Wohin führt doch die weibliche Eitelkeit, besünderschd bei selchen obligen Damchens, die nischt werden recht beacht't un die doch gor szu gern möchten machen von sich schmusen (reden). Ich gönn ihr dos Masel (Glück), szu sehen ihren Struwelpeter aß preu'schen General-Tambour, denn dos Lärmschlogen versteiht er aas'm ff, norr nischt de Musik. Mir kimmt er vor wie aan Schmetterling in graaßen Stulpenstiefeln un fallt mer jedes Mol ein, so oft ich seh saan oltes Schulmeistergesicht, doß er gern möcht raasbeißen dorch ä Molermütz à la Rubens, dos berliner Wort: „es ginge woll, aber es geht nich." Dieser Mensch will vieles, obber er kann nischt un is nischt weiter aß ä Frosch, wos sich möcht aafblasen szum Schor (Ochsen); beim Künstler frogt mer jedoch norr: wos er kann, nischt wos er will un dos vergeßt das gute Bocherche (Männchen) gonß un gor. Norr aans moß ich an ihm loben: er is aan consequenter Mann, in saaner Narrischkeit is Consequenz un er is bereit szu allen

Szeiten, saanem Dünkel, saaner Ibberszeigung szu
opfern des ganze Weltall. Er hot gegeben doder-
von viel Beweise un will ich nerr anführen aanige
derselben. Der Meilech (König) vun Sachsen is ge-
wesen gegen ihn aan sehr gütiger Monarch, hot ihn
unterstützt noch allen Seiten un hot ihn gemacht szu
saanem Gen'rol-Musikderekter. Ä Spoß! Schabbes-
kuggel (Leibessen der Juden) mit graaßen Rosinen
schmeckt nischt besser! Is gekimmen de Revolution
vun acht un verzig, wo ging der graaße Wind un
aß Herr Struwelpeter hot gesehen, doß könnte
in Aasficht stehen gemacht szu werden ä Geschäftche
mit der Revolution, wor er sofort mit Aauer vun
'n Erschten, wos hat gebaat Barreladen gegen
saanen gütigen Meilech, hot'n helfen raasgehen un
beschleunigen aas saanem Reich un hot helfen pro-
klamiren de Reppoblik in Dresden. Hoben viel
Leut geschumpsen aaf ihn un gesogt: Porco di cane
maledetto! — Se sehen, ich sprech aach italjänsch
un sellten Se 's nischt versteh'n, so bemerk ich, doß
es haaß: verfluchter Sch—hünd! — 's is ä ondank-
borer Schorke! — kann ich obber nischt gesinnen
(finden), sündern maan, es is ä Mann von Ibber-
szeugung un wenn aan selcher Mann hätt angesteckt
ganß Dresden an allen vier Enden, laßt sich do-
dergegen nischt sogen: 's wor saane Ibber-
szeiging! un wenn aan selcher Mann hargenet
(mordet) saane eigene Memme, derf mer ihn nischt
doderwegen verortheilen, worüm? 's wor saane
Ibberszeigung! Mer hoben eben heint aane

anbere Moral aß sju alten Szeiten, obgleich es
giebt ennff Chammer (genug Esel), wos wellen be-
haapten: 's giebt nerr aane Moral un die is die-
selbe sju allen Szeiten un an allen Orten.

Doberuoch is 'r ümhergeörrt in der Welt, hot
gelebt in Zürich un kennen gelernt ä reichen Bankier
X., was hot beszahlt saane Schulden, hot ihm ge-
öffnet saan Portemonnaie un was wor sehr on-
versichtig saan Haas, doberbei der Herr Stru-
welpeter hot kennen gelernt sein's Wohlthäters
Rekeiwe (Frau) un aß er hot gedenkt, de Fraa is
nischt glücklich mit ihrem Mann, hot er se genim-
men un hot se entführt. Anscheinend is dies gleich-
falls aan kohlrabenschwarzer Szug bun Ondankbar-
keit, wie behaapt't der dumme Pöbel, kann ich obber
aach nooch der neuen Moral nischt gefinnen, denn
wer kann bor saaner Ibberszeigung?
Worüm er bold doberuoch hot gelaßt sitzen diese
Fraa, hob ich nischt Gelegenheit gehobt sju erfor-
schen, werd obber aach woll sein geschehen aas Ibber-
szeigung.

Aß mer doberuoch ihm, dem nu grobe sechzig-
jährigen olten Kerl hat vorgewerft, er hob das
nämmliche Kunststück, wos er vollführte in Zürich
gegen saanen Wohlthäter, wiederholt, gegenibber
saanem Freund un wärmsten Anhänger, dem Herrn
Hans bun Bülow, indem er sjum Dank för
dessen Bemühung un Aafopferung ihm hot entführt
saan Weib, wos is aane Tochter bum graußen Cla-
vierpauker un bestrampelten (verrückten) Cumpenisten

Liszt un der Franzjösin d'Agoult, hob ich ebenfalls wieder nischt können einstimmen in de allgemeine Verdammniß, worüm? 's wor saane Jbberszeigung! — Im Jbbrigen moß ich Ihnen bemerken, libber Rebbe, doß ich hob gesehen dieses Schickselche (Frauenzimmer) in Berlin neben ihm in der Log un ich kann Ihnen norr sogen: „Ich gönn se ihm!" Se werden mich versteih'n. Jau, ich gönn se ihm! un aß ich mer hob gelaßt sogen, sell Bülow, aß se ihm hoben gemeld't, saan Weib hätt sich gelaßt entführen dörch saanen Freund Struwelpeter, hoben gelassen aasgerufen: „Naaches un Szechije (Vergnügen und Wonne)! De Scheidungskosten will ich gern berebbeln (bezahlen), obber Finderlohn fer de Mamsell bezohl ich nischt aanen Poschit (Pfennig)!"

Viele Menschen sogen nun, aan Mensch mit äsau aanem wollsackähnlichen Herzen un äsau aaner wackligen und torkelnden moralischen Onterlage, aß der musikalische Struwelpeter könnte leisten nischt Grausses aß Cumponist, weil eben der Künstler könnte nie nischt geben mehr, aß er tragt in sich, wos Sie aß Rebbe werden beortheilen besser aß ich; aan Freund bun mir, wos hot aan sehr tüchtiges musikalisches Ortheil un is dörch un dörch moralisch, sogt mer stets: „De Cumpesitionen bun diesem Menschen sind doch kaane Musik, sündern norr geistige Onanie." Und ich glaab, maan Freund hot Recht, weil ich jedes Mol dobernoch krigg Chalaß (Krankheit) un Nerv (Krampf) in 'n Ge-

doches (Eingeweide). Obber sell er mol gelten aß
Künstler, so steiht fest, daß der unglückliche Stru-
welpeter is gewesen su allen Szeiten aan be-
daaernswerthes Opfer saaner Ibberzeigung. Wenn
indeß der alte Schmetterling heint saane berliner
Gönnerin sau sehr ümgaukelt, san möcht ich doch
rothen dem Herrn Gemohl derselben szor Vorsicht,
worüm? weil mer hot Beispiele vun Exempeln,
doß aan Dieb schon is gebrochen ein drei Mol
hinter aanander, besündersch wenn er aanmol is so
dickfellig, daß er sich gornischt mehr macht aas der
öffentlichen Meinung, gleich wie bekanntlich de Katz
laßt nischt das Mausen. Daß obber Struwelpeter
gegenibber allen Fraaenszimmern ohne Aasnahme
hot äsau aane Meinung, is bewiesen dorch de Wahl
saaner Opernsüjets, wogegen senuen die französ'schen
Demimonde- un Ehebruchsstücker reiner Szucker un
onscholdige Kinderfiebeln. In saanen Opern find't
mer norr ibberszuckerten Koth un vergold'te Cada-
ver, der Thron saaner Muse steiht szwischen dem
Bordell un dem Schaffot un saane Liebe geiht stets
barfuß bes szum Hals. Haste gesehen! Meilech
(König) Oedipos is aan klaaner Tertianer un
Messaline aan Töchterchen aas der Kleinkinder-
bewahrschul gegen saane Ideale, de mer norr suchen
kann aaf'm hamberger Berg bei Peter Ahrens.
Doderbei entnimmt er all' seine Opernsüjets der
schönen Szeit, wo de deutsche Owes awauzeinu
(Vorfahren) sich noch hoben besunten aaf der Eichel-
mast un es noch gob kaane Blutschande, kaane Pol-

lejzei, kaane Galochim (Pfaffen) un kaane Standes-
ämter. Was frogt heintzutäg noch aan gebildeter
Mensch noch äsan verschimmelten unpoetischen Kram?
Dos überlaßt mer den olten griesgrämigen Pro-
fessern un bodermit Sela. Uns aas heintiger bru-
taler Szeit szu sterzen in de erzbrutale, rohe Vor-
szeit — nischt dran denken gedacht szu werden!
Mer leben in moderner Szeit, hoben moderne Ge-
danken, wünschen Alle den Fortschritt, Ruh un Frie-
den, sennen kaane Fremde vun Struwelpeters
dramatischen un musikal'schen Viehkrug. Kimmt
dieser alte Faxenmacher un will uns gor vor-
singen diesen olten Blutschandekram, den schon liest
kaan Mensch mehr, geschweig, daß mer ihn will hören
gesungen dorch Herrn Wogner.
  Ich kann Ihnen sogen, libber Rebbe Schmul,
ich bin sehr mißgestimmt, besündersch ibber die er-
bärmliche deutsche Kritik, was laßt hingehen unge-
straft äsan aane Teufelswörthschaft, statt sich szu
erheben, wie aan Mann dogegen, üm sie niederszu-
donnern. Indeß die Noochwelt wird ortheilen richtig
ibber ihn, denn wie es schon haaßt im alten porst-
schen Gesangbuch:
  „Blast uns, o Welt, in Daanem Haas
  „Der Tod die Lebensfunzel aas,
  „Wird vom Geruch erscht offenbor,
  „Wer Talglicht oder Wachslicht wor."
  Ler ganzse musikalische Struwelpeter paßt
szu der heintigen feigen Welt. Brach früher aan
toller Hünd in ä Haas, so vereinten sich bodrin

alle Bewohner un schlugen ihn teidt; ich glaab, je mehr aan selcher beim Menschen beißt un niederreißt, je mehr Beifall klatscht mer ihm szu. Ich hob mer aach gor nischt doderwegen gewondert, doß Struwelpeter hot gefunnen Beifall in Berlin. Wos is Berlin? Dos berliner Volk is eben szu roh, hot vun obenher norr Interesse für Ballet, Kunstreiter un aanen graußen Zapfenstreich vun drei bes vierhondert Tamboure. Dos is berliner Kunstsinn un doderwegen kam der musikal'sche Struwelpeter wie gerufen, weil er fand szu viel verwandte Seelen. Obber — obber — wenn es norr nimmt aan gutes End; denn mit den Künstlern, ibberhaapt mit jedem Menschen is es wie mit'n Billardbällen, die man muß lassen aaslaafen, üm szu sehen, ob es wird aan guter Ball ober aan Verlaafer. Struwelpeter is szwar noch aaf 'm Billard, obber verlaafen hot er sich schon vielmals un wird sich verlaafen bald ganz un gor.

Kann er dörchaas nischt halten saane schriftstellerische Dinte, so mag er doderver wenigstens halten 's Maul aß Cumpenist, denn hot er 'n Nagel im Rosch (Kopf), so bin ich der Mann, wos trefft 'n Nagel aaf 'n Rosch. Un wenn ich aach weiß, doß heint woll Jemand kann leben vum Wohrsogen, obber nischt doderven, szu sogen aller Welt de Wohrheit, so sell er se doch trotz alledem hieren vun mir; denn ich hob den Kaiach (Muth) dodersu, bin heint fünf un fünfzig Johr alt un

maane Baaner (Beine) reichen bes fzor Erb. Stru-
welpeter is aan bedenloſer Egoiſt, was norr
ſtrebt dahin, ſelber fzu kimmen in der Welt vor-
wärts, obber niſcht dohin, de Welt fzu bringen
vorwärts. Er kann ſchön ſchmuſen (reden), obber
er hätt gemoßt ſchön handeln, handeln is de
Haaptſach. Hätt' er ſchön gehandelt un geſchribben
ſchöne Opern, ſo hätt er ſich aach erworben maane
Gunſt un die Gunſt büm ganßen Pobblelum; ſo
ober kimmt mer vor der ganze Torkel mit ihm,
wie wenn mer Aaner ſetzt hin ä Stück Commisbrod
un leſ't mer was vor ibber Chockelade, dadörch wird
das Commisbrod nech laane Chockelade. Nebbich!
Sellen mer be Baaner (Beine) fzum Halſe raas-
wachſen, aß ich niſcht hob Recht.

Aaßerdem ſogt aach ſchon Börne, was mor
dörch un dörch aan edler Menſch: „Es giebt Mienſchen,
die wohnen aaf dem Chimboraſſo der Gemeinheit.
Es is unmöglich, ihnen fzu kimmen bei — ſie be-
halten bei der gemeinen Menge immer Recht. Der
Witz, der ſie ſucht aaf, ſinkt ſchon entwaffnet nidder
am Fuß des Bergs un bekennt mit Scham, daß
aan ordentlicher Knüppel is beſſer aß aane Lanze".
Un dies is aach mit Struwelpetern der Fall.
Der Chimboraſſo ſaaner Gemeinheit is äſau hoch,
daß aan anſtändiger Menſch ihm niſcht kann nach-
klettern un mer bei Gott niſcht waaß, wo mer ſell
fangen an, wenn mer ſpricht bun dieſem Menſchen.
Saan ganfzes Leben is an Gewebe bun Drniſſen,
ſaane ſogenannte Operngedicht ſennen aane Serie

vun meschuggen (verrückten) Gemeinheiten, saane
freche Anmaaßung gegenibber den graußen todten
Meistern deutscher Kunst is aane Erzgemeinheit. Ob-
ber: seit Göthe sogte: Nerr de Lumpe sind be-
scheiden, nimmt jeder Lump sich vor, Bescheiden-
heit szu meiden.

Wos er aß Poet is, hob ich in folgenden
vier Versen aaßzubrücken versucht:
Herr Wogner is aan graußer Poet
Un singt er, so sterzt Appollo
Vor ihm aaf de Kniee un fleht:
Halt ein, ich werde sünst toll — oh!

Alle einsichtige Menschen wünschen, daß er end-
lich möcht beitreten dem Verein gegen Thierquäle-
rei un nischt mehr länger quälen den armen Pe-
gasus. Is es wohr, daß jedem Genie is aaf-
gedrückt dos Siegel der Graußartigkeit aaf de
Störn, so kann dieser musikalische Massenmörder
dreist reisen incognito.

Sehr schön schildert der graußte Liedercumpenist
Robert Franz den Wognerschwindel mit
folgenden Worten: „Der Weg, den einschlagt diese
moderne Modulation, is fer alle Fälle ein neuer,
noch nischt betretener. Offenbar wurde das System
der Harmonie aas civilisirten Verhältnissen wie-
der szurück gedrängt aaf saaen antediluvianischen
Bestand. De weimarsche Schul (Lißzt), die bekannt-
lich anknüpft an Wogner un Berlioz, is
aafgetreten in neurer Szeit sehr viel versprechend.
Verschiedene Werke dieser „Schule" bewegen sich

ganz aaf dem Höhepunkt der Szeit un sennen be-
rerwegen geeignet, aaffzuerlegen den Männern des
Fortschritts allerlei nachdenkliche Betrachtungen. Ich
fer mein Theil bekenne offen, geworden fzu sein
aane Antiquität, do ich mit dem angestrengtesten
Ernst nischt bin im Stande, fzu folgen diesem
hehren Flug der Gedanken. — So hob ich denn
gebraacht wörklich Tage, wo aasreichten früher
Minuten, un bin gelangt fzu der trübseligen Ibber-
fzeigung, daß maane Szeit üm is und ich thu am
Besten, wenn ich mer recht bald laß anmessen
maanen Sarg! Diese Resignation laßt Sie werfen
aanen tiefen Blick in maane jetzige Verfassung.
— Hinfüro ergeb ich mich in mein Schicksal:
Bomben und Granaten haaßt de neue Loosung —
de alte Sphärenmusik is abgethan! Wohl! —
Hohngelächter der Hölle!!"

Un prächtig wohr un geistreich drückt aas Hans
Hopfen saane Empfindungen bei der ersten Aaf-
führung bun Trischan Isosolldich:

„Ach, wenn es wär fzu bezeichnen so einfach
mit Langweile, dies peinigende Gefühl! Am Ende
der Langweil nickt uns doch freundlich entgegen der
erlösende Schlummer. Ich hobe obber norr in
schlaflosen Nächten, wo mer glaabt fzu erhorchen
de tosenden Schritte bum herannahenden Fieber,
Ähnliches empfunden un kann nischt besser wieder-
geben dies: Empfindung, aß mit den Worten aanes
lustigen Leidensgenossen, der aasstieß in saanem
Sperrsitz den Seufzer: „Nu waaß ich, wie is

gewesen szu Muth den Mauern vun Jerichow!" Wohl taachten aach fer mich ab un szu aan Poor Takte aaf, an die sich wellten de Sinne aafathmend schmiegen. Obber wupp! woren se wieder weg, aafgefressen vun anderen Tonungeheuern, un wenn se denn aach wieder kamen szum Vorschein, so kamen se halb verrenkt un halb verschüttet un gespensterhaft aasanander gezogen un mit Tonfratzen ibberladen. Es wollte Aanem immer werden klarer, aß hätt sich gegeben der Cumpenist alle erdentliche Müh, üm norr beileibe nischt aafkommen zu lassen aane angenehme Empfindung. Leute, die es sich hoben gelaßt kosten Szeit un Mühe, Leute vun hervorragender Bildung un gründlichem Ortheil versichern, doß ihnen hot bereitet granßen Genuß das Studium vum Clavieraasszug. Fraaen un sentimentale Börsenagenten, welche woren gewördigt, beiszuwohnen aanigen Proben, verdrehen die Aagen, aas denen blitzt dos Glück der Eingeweihten, wie verszückt gen Himmel, so oft norr genennt wird der Nom Crischon. Nehmen mer also an, diese Musik sei dos Höchste, wos gelang bisher aanem örrdischen Tondichter, nehmen wir meinswegen an, wie aan berühmter Claviervirtuose (Lißzt) aasrief in aanem ekstatischen Moment: „In gewissem Sinn hobe es ibberhaapt norr gegeben drei Musiker aaf der Welt: Johann Sebastian Bach, Beethoven un Wogner." Jau, es mag sich verstehen vun sülwst, doß der Letztere aach überragt de beiden Ersteren schon

dorch de höhere Colturſtufe, aaf welcher er Fuß
gefaßt. Gut, ſchön, edel, fzauberhaft, himmelſchrei=
end, ibberörrdiſch — Alles, was Ihr wollt, mag
ſein dieſe Muſik: dramatiſch iſt ſie niſcht. Dra=
matiſch is norr, was wörkt fzwingend bun der
Bühne herab aaf de Szuhörer oder was hot de in=
nere Berechtigung, fzu wörken von der Bühne her=
ab. Aan un dieſelbe Empfindung in gleichgeorteten
Superlativen, die wimmeln dorch aanander in go=
thiſchen Verſchlingungen fünſtehalb Stunden, ohne
Ruhepunkt, ohne Aafathmen, ohne Abwechſlung,
ohne erkennbare Formen bun Wohllaat an's Szwerch=
fell poltern fzn hören — möglich, doß niſch: norr
Belehrung, fündern aach Vergnügen gewonnen wird
im mühſamen Aaßananderlegen dieſer endlos ibber=
anander gewirrten Arabeßken; obber aaf aane mittel=
bore Wörkung bun Mund fzu Ohr, bun Klang fzu
Seele, bun Bühne fzu Szuhörerſchaft — un woz
ſell mer denn aane Oper, wenn ſe dos niſcht kann?
— ſind ſe niſcht berechnet oder eben falſch be=
rechnet" ——

Ich ſer maan Theil hobe dieſe beide Perſzonen
Criſchan un Iſefolldich aafrichtig bellogt,
doß Struwelpeters beſtrampelte Notenfeder ſie
Beide hot gefzwungen, heraaßzuſteigen aaf ihre
olten Täg aas ihrer Ruhe des Keiwers (Grab),
üm fzu ſpielen äſau aane traurige klapp'rige Roll,
wie ihnen is beſchieden in dieſer Oper, die hot an=
gericht't in Berlin mancherlei graußes Schlemaſſel

3

(Unglück). So hoben se unter Anner'm gefunnen im Thiergarten aanen jungen Selbstmörder, was hot gehobt in saaner Tasch den Clavieraaszug zum zweiten Akt von Trischan Isosolldich. Kennte mer schon vun Struwelpeters früheren Opern mit 'm alten latein'schen Kirchenvoter — sein Nåm fallt mer nischt gleich ein — sogen: Vulnerant omnes (Se verwunden alle), so mußte man wegen Trischan Isosolldich gleich hinzusetzen: ultima necat (die letzte schlagt tendt). Es is aane entsetzliche Musik un vun mir wer es mehr aß Tollkühnheit, se anzuhören, denn ich hätt mer reverbei beinoh gegähnt szu Tode un des sell sein aane ferchterliche Toresoert! Aan Kunstfreund hot gelaßt öffnen in Wien de Keiwer (Gräber) vun Mozart, Haydn, Beethoven un Schubert, wobei sich hot gestellt heraas, daß sich alle vier hoben gedreht üm im Sarg. Ich bin der festen Ibberszeigung geworden, daß drei Menschen schlofen ruhig in der Welt, nämlich aan Kind, aan Todter un aaner, was hot angehiert vun Anfang bis szu Ende Trischan Isosolldich. Ich seg Ihnen, Rebbe, der Letztere schloft bis is Tchijas Hameiszim (Auferstehung der Todten).

Norr das möcht ich Ihnen noch sogen szor Warnung: Mißtraaen Se jedem Musikanten, wos schreibt aan Buch un sprecht Ihnen dodrin vun Musik un Phellesophie, denn unter Phellesophie versteiht mer bekanntlich de Hinneigung szu fixen Ideen un dobermit hot de Musik nischt szu thun, es müßte

denn sein die des Herrn Struwelpeter. Szu aanem Musikanten, wos mer erscht de Schönheiten saaner Musik in aanem Buch will aaßanander setzen, sog ich: Nachtigall, ich hör dir trapsen! Laß ihn steh'n un verszieh mer bei Szeiten, bevor er anfangt szu tuten.

Wär er nischt gewesen gor so frech gegen de alte deutsche Großmeister in der Musik, hätt' er nischt erfohren aanen solchen ferchterlichen Widerstand; er hätt' gethon besser un wär gewesen gescheit, wenn er hätt' gedacht un gehandelt aß mein Vetter Schlaume Kallmann, wos is gewesen aan erzgescheiter Kerl. Lossen Se sich verszählen de Schmue (Geschichte).

Ehr Schlaume Kallmann hot kennen gründen in poln'sch Krone aan Geschäft mit Manefakturen un ehr er is geworren aan reicher Mann, is er aan Mol gekimmen aß Schnorrer (Bettler) nach Schwerin, hot nischt gewußt, wo er sell acheln (essen) und schaßkenen (trinken) un is gefallen vor Hunger fast in de Ohnmächtigkeit. Do mer Jidden obber sennen sehr mitleidig, hot das Kallmannche sich gewend't an 'n Row (Rabbiner), daß er ihn sollt empfehlen an aanen reichen Glaabensgenossen, aaf daß er bei diesen könnt acheln während der Poor Täg, die er wellt bleiben in Schwerin. Merken Se wohl: uf ü Poor Täg. Is obber gewesen der Mosche Rosenhayn, was hot gehandelt szu allererscht mit Haasenfelle, donocher mit Hammel-

un Kalbsfelle, donocher mit Ochsenfelle un aß er
is geworden immer reicher un reicher, hot er ge-
handelt ſzuletzt mit Menschenfelle, des haaßt, er
hot behandelt de Menschen wie de wiener Würsch:
un bei ihnen gezogen 's Fell ibber de Ohren un
is geworren ä Cravattenfabrikant, wobei er hot
genimmen wie J. J. Hirschberg in Berlin des
Maaß üm hondert Perszent ſzu korz. Aß er hot
gehobt enuff Messummen (genug Geld), hot er ge-
spielt den ehrlichen, rechtschaff'nen Mann un hot
nischt mehr aasgezogen den Leuten 's Fell, denn
dos eben is de Macht der Tuggend, daß aach aan
Spitzbub sich gern giebt den Schein vun ihr. Der
Rosenhayn hot daher gesogt ſzum Row: „Aß
es is aaf ä Poor Täg, sell er essen bei mir".
Schlaume Kallmannche is also gekimmen ſzu
ihm un aß er hot gefinnen des Essen sehr gut, is
er gekimmen ſzuerscht aane Woch ſzum Essen, dann
noch aane, dann ſzwei, drei, vier, wos sell ich so-
gen, ſzuletzt sechs Monat.
Dodribber hot gemacht der Rosenhayn aan
böses Punem (Gesicht), hot nischt mehr gesprecht
mit dem Schnorrer (Bettler), sündern hot ihn bloß
angerojent (angesehen) mit aanem ferchterlichen Blick
wie ä Tigerthier, wos ihn wellt verschlingen. Obber
Schlaume Kallmann, wos, wie gesogt, is ge-
wesen aan klieger Mann, hot sich nischt dran ge-
kehrt, sündern weggeseh'n, hot still fer sich hen
geachelt (gegessen) un bei sich gedenkt: „Seh mer
an, aß de willst, ich freß doch. „Mit aanem Wort,

er hot sich gemäst't un hot szugenimmen alle Täg un is geworden so rund wie aane loschere (reine) Worscht. Sela!

Szuletzt is gefallen der Rosenhayn, wos is aach gewesen kaan Dalfen (Dummkopf) uf aane List un hot gesogt szu seiner Nekeiwe (Frau): Feigelche, hot er gesogt, mer werden nischt mer los den Schnorrer, aß mer's nischt anfangen mit List. Morgen werd ich sogen bei Tisch: Fraa, Du hast versalzen 's Essen; das kann kaan Menschenkind genießen. — Aß er sich nu wird drinmengen un falls er sich nischt drin mengt, wirste szu ihm sogen: „Bitt, libber Herr Kallmann, is es wörtlich nischt szu essen? un aß er wird Dir geben Recht, schmeiß ich ihn raas, aß er obber wird geben mir Recht, schmeißt Du ihn raas — genug! raas geschmissen wird er, so oder so." Gesogt, gethon! 's wär aach gegangen ganz gut, wär Schlaume Kallmannche nischt gewesen kligger aß der Rosenhahn mit sammst saaner Nekeiwe. De Leutchen hoben sich gestritten, ob's Essen is szu salzig oder nischt, hoben sich gesogt Erzgrobheiten, obber Kallmannche hot sich gehüt't, szu sogen aan Wort, sündern hat still vor sich hen geachelt, wie aan Seidenwörmche, wos spinnt Seide. Hot der Rosenhayn sich ferchterlich geärgert, denn er is gewesen ä graußer Assespenehmer (Hitzkopf) un hot'n gefrogt: „Herr Kallmann, was sogen Sie doverszu? — Nischt wohr, 's Essen is versalzen?" — Hot der Kallmann gemacht, wie mer

sogt, aan indifferentes Gesicht, ebber ferchterlich indifferent, hot gezuckt mit den Achseln, dennoch hot er geantwort't: „Mei, maane libbe Leut, wos sell ich mer mengen in Eure Familienangelegenheiten aaf die Poor Monat, die ich noch bei Euch essen werd? „un hot, so wohr ich sell heil un gesond bleiben, noch sibben Monat bei Rosenhayn geachelt (gegessen) un geschaffenet (getrunken.) Hätt der musikal'sche Struwelpeter aach äsau gedenkt un hätt nischt gemocht äsau aanen Pischtolel (Spektakel) un beleidigt de alte Meister, kaan Mensch hätt incummedirt dieses dramatisch-musikalische Monbkalb, jeder hätt' ihn gelaßt ruhig machen; er hot obber nischt äsau gedenkt, sündern hot gemacht neben gemeiner Handlungsweise un vollständigster Mellediedörre aan Geseire (Geschwäz) un alles, was uns wor werth un heilig, hot er gezogen in'n Staub, doß kaan anständiger un vernünftiger Mensch mehr will wissen wos von ihm. Bei der graußen Masse vun Petroleum is heintszutäg de Aasklärung viel szu bedeutend, aß daß de Leut sich lassen besoffen machen dorch Schmonzes berjanzes (faule Redensarten).

Die Aasführung vun saaner forchtbaren Oper: Crischan Jsoselloich hot wenigstens gehobt das Gute szor Folge, doß is gemacht aan End ollem widerlichen Gezenke (Streit) ibber Struwelpetern un saane Bedentung in der Kunst: er is machulle (todt). Saane Poesie is Galimatias, mit dem er lockt kaanen Hünd aas'm Osen, geschweige

aanen Menschen in's Opernhaas. Der ganze
Kerl is aan aaf aanen impotenten Cumpenisten ge-
pfropfter Dichter un aan aaf aanen impotenten
Dichter gepfropfter Cumpenist un sehr richtig is
maane Tschmwo (Antwort), was ich hob gegeben aanem
am Wognertorfel leidenden Enthusiasten, der da
behaaptete: „Wogner is größer aß Göthe un
Beethoven." — „Jau, sogt ich, aß Cumpenist
is er bei Weitem größer aß Göthe un aß Dichter
viel größer aß Beethoven." Der Mensch hat sich
in saaner grenzenlosen Selbstverblendung aafgebaut
aan verrücktes Gerüst, was soll stützen saane graus-
lige Melochen (Arbeiten). Alles is erkünstelt, be-
rechnet un aasgetüftelt verin; es fehlen ihm die er-
sten Eigenschaften des Genies: ungekünstelte Phan-
tasie un wohrhafte Empfindung. „Alles Onanie!"
wie sogt mein Freund. Aafgefressen vun Ehr-
geiz un Dünkel hot er Talent un Verstand, obber
kaan Herz. Er will was Graußartiges leisten
un kann doch nerr Fratzen un Ungeheuerlichkei-
ten schaffen; er is un bleibt aane Carretatur wie
aan Mensch, wos sich aufzieht statt der Handschuh
lange Strümp aaf de Händ; wos erhaben, einfach
un göttlich is, is un bleibt ihm fremd; bei saa-
ner Musik bekimmt aan jeder musikalisch gesunde
Mensch aan ferchterliches lamentum katzarum szu
deutsch: Katzenjammer. Er is confuse un beter-
telt (verrückt) sowie er macht Musik, mit aanem
Wort aane cumpenirende Schaute (Narr), wos
schreibt dicke Bücher, üm szu erklären saane Musik,

die nerr besteht aas aanem beständigen wüsten Gebrumm un Geknurr vun Tönen, aane Musik, vun der nijcht Ähnliches is szu finden, angefangen vum ersten Nachtwächter, was hot getut't am ersten Schöpfungstäg im Paradiese des szor heintigen Stund. Grauß, wie der Herr Zebaoth fangt er an mit dem Chaos, kimmt ebber nijcht weiter aanen Schritt, sündern bleibt drin stecken un peichert (stirbt) drin. Saane Anhänger sennen alle melledielose Cumpenisten, alle verkannte Dichter, alle talentlose Scribler, alle entergeordnete Farbenklecksser, prozeßlose Arvokaten un häßliche Fraaensszimmer à la Cosima un Consorten.

Aane wogner'sche Partitur kimmt mer immer vor wie aane schlechte Bleifeder, was hat Enden. Mer schneid't un schneid't immerszu un bekimmt kaane Spitz bis mer szuletzt hot kaane Spitz un kaane Bleifeder un so blättert mer in aaner wogner'schen Partitur un such: aane Melledie un blättert un blättert, bis mer kimmt szuletzt aaf'n Deckel, wo hot natürlich alle Musik aan End. Wer Struwelpeters Musik hört, ibberszeigt sich doderwon, daß der Mann strebt dohin, szu ersetzen alle Musik dorch Lärm und Skandal, de Macht vum Orchester wird immer gewaltiger bei ihm un de ganße musikal'sche Welt scheint doberbei nijcht szu bemerken aans, was doch is unvermeidlich un braucht erst gor nischt bewiesen szu werden, nämlich, doß wenn wir erscht werden hoben mehrere sellcher musikal'scher Neuntödter es wird geben bald kaane

Sänger mehr. Schon hot aan wognerscher Jünger, aan Mosje Metzdorf in Weimar lossen aasführen aane fünfactige neie Oper vun sich: Rosomunde, deren Wiederholung is gewesen unmöglich, weil doderszu woren de Sänger aaser Stande, indem, wie die Szeitungen berichten „de ibberaas schwierige un anstrengende Partieen stellten in Frog Wiederholungen vun dem Werk". Was sogen Se doderszu? Alle Russen, sog ich Ihnen!

Bei den alten klassischen „Leiermännern" wor der Gesang de Haupt- un das Orchester de Nebensach. De Instermente gruppirten sich üm de menschliche Kol (Stimme) un begleiteten sie. Bei Struwelpetern is die menschliche Kol nischt mehr aß aans der Instermente vum Orchester, etwas wos hot äsan viel Werth aß de Pickelflöte oder der Triangel. Nu bleibt obber dieser Großmeister des Skandals nischt doderbei, sündern verdoppelt un verszehnfacht nischt bloß die Szahl der vun Menschenhand fabriszirten Instermente, sündern wendet aach noch an in bestrampelter (wahnsinniger) Weis aane Unszahl vun Lärm-Instermenten (szom Beispiel achtszehn Ambosse!!!*), während is geblibben de menschliche Kol (Stimme) stationär. De Anstrengungen, welche muß machen aan Sänger in Struwelpeters Opern nutzen ihn ab in aan oder szwei Johr un sennen der Beispiele szu viel,

---

*) Verleicht um szu begleiten dos Schmidlied?!

aß daß ich se müßt hier aasführen. Dedernach werden mer, aß ümsichgreift de Wognerseuche, in Szukunft aane schöne Stimme uerr noch szwaa oder drei Menat bestimmen szu hören un szu genießen un werden uns, do se is gewöhnlich engagirt aaf Jehre, muffen begnügen fer de ibbrige Szeit mit de Ruinen, renen kimmt gleich noch szu jeder Szeit aan alter geborstener Topp, so daß, aß mer sziecht de Bilanz vun jedem berühmten Sänger, äsaubald tieser wird pensionirt un tritt ab, derselbe uns wird heben de Ohren mehr szerriffen, aß ergötzt.

Is es deher bestimmt in's Szutan's (Teufels) Reeth un wird verfolgt weiter Struwelpeters System, so muffen mer geben entweder unsern Sängern de Maske vun de antike Comödianten, welche verstärkten die Stimm un machten es ihr möglich, aasszufüllen de riesege Amphitheater vun de Römer — oder — un hierzu greift äsan aan gewaltiger Revolutionär wie der musikal'sche Struwelpeter bestimmt am Erschten — wir muffen verszichten aaf de menschliche Stimm un muffen erfinden un verfertigen hölzerne un messingerne Sänger — weiß geschriggen! — rie können folgen un gerecht werden den wognerschen Fortschritten un der neien Macht der andern Justermente.

Un doch wor äsau schön de Musik der menschlichen Stimm un de olte klassische Leiermänner hoben dedermit geliwwert ganz passable Sachen. Welch unbeschreibliche Szechige (Vergnügen) empfind ich olter versauerter musikalscher Reaktionär, wos leider

het aan Peer Ohren, was sennen gemacht nach
der alten Wed äsau, deß se gefinnen (finden) schön
den Gesang der Frau Nachtigall un häßlich des
Gekrächz der Krähen und Raben, — welche Szechige empfinde ich nischt bei Anhörung der sau
niedlichen Opern: Don Juan, Figaro, Szauber=
flöte, Fidelio un Freischüß! Seit aaftrat Stru=
welpeter, gewöhnt sich aan Theil vum Pobbletum in saanen Opern an das peinliche Gefühl, szu
hören Sänger, was sich strapziren ab unabläßig,
geben szu wollen mehr Stimm aß se hoben un szu
vomiren mit Gewalt schmerzhafte Noten, die se
scheinen entrissen szu hoben in grausamlicher Weis
den Geroches (Eingeweiden). Mir is es angenehmer
szehn taasend Mol szu hören, wie aan guter Sän=
ger in den alten Operchen, die ich hob genennt
weiter oben, nischt geht an's End vun saaner Stimm
un daß der Gesang is für ihn aane Kunst un
nischt aane Quel, wie se sich bereiten de Fakir un Der=
wischer, wos, üm szu erregen de Aafmerksamkeit un
üm szu ernten milde Gaben, sich schmeißen nackten Kör=
pers aaf Bretter, davraaf stehen heraus hunderte vun
Nägelspitzen un die sich schneiden aaf offenem Markt
mit scharfe Messer in de Arm de Läng un Breit.
Was sogen Se szu selche Chammer (Dummköpfe)?

Noch muß ich machen aane szwaate Bemerkung
ibber de Ongerechtigkeit vun der Kritik, die se be=
geht hinsichtlich der Operndichtungen, aß se verlangt,
de Letztern mößten sein wehre Poesie, neu, erhoben
u. s. w.

Wozu sell mer machen mit äsau aaner Sorg-
falt Vers, do das Pebblekum, weit doderven ent-
fernt, se szu hören, ja nerr hört de Stimm in
Szwischenräumen? Es is ebber entgegenszusetzen
diesen strengen Kritikastern noch etwas Anderes,
nämlich: — Aane schöne Dichtung is an un fer
sich Musik un bedarf nischt des Musikers. Wie
mäßig aach tritt aaf das Orchester, wie schön un
klor aach mag sennen de Stimm, mer verliert im-
mer etwas, oft viel vun den Worten un wos mer
nischt hört, macht es unmöglich, szu verstehen des
Andere, was mer hört. Doderwegen mossen in
aanem Gedicht, was is bestimmt fer de Musik,
vermieden werden nischt bloß alle subtile un ge-
suchte Gedanken, sündern aach alle ungewohnte
Worte, jau selbst feine un neie Gedanken. Es moß
sennen im Gegentheil äsau, doß aane Sylb, die
mer hört, läßt errvothen den Sinn des Worts, doß
aan Glied der Phrose, welche das Orchester nischt
be- un verdeckt, es macht leicht dem Geist, szu ver-
stehen des Ibbrige der vum Orchester erdrückten
Phrose. Es is mithin nöthig unumgänglich, daß,
domit versteht der Szuhörer un Szuschauer aane
Oper, dodrin werden norr gemacht bekannte un
gebräuchliche Reden. Verleicht wird mer sogen:
„Wozu dann ibberhaapt noch Worte fer de Mu-
sik?" Vielen Leuten würde sein dies sehr gleich-
giltig un mer sieht, doß sich de Italjener dodrin
eben nischt geniren un doß sie stellen den Dichter
des Libretto nischt bloß hinter den Cumpenisten,

sindern nach allen Sängern zwischen den Regisseur
un den Lampisten un norr setzen den Cumpenisten
aaf den Szettel. So fallen de Menschen hier in
dieses, da in jenes Extrem. Bei dem wagner-
schen Skandal is es nu ebber vollständig gleich-
giltig, ob während der Wirksamkeit vun achtzehn
Amboß die Choristen singen: Willewau oder
Hottehi.

Ich fürchte gar sehr, daß wird geschehen
bei der Augusthitze un dorch das Anhören vun
Struwelpeters Cacophonie in Bayreuth graa-
ßes Schlemassel (Unglück). Geben Se Acht, es
werden fallen viel Menschen am Sonnenstich,
Schlaganfall u. s. w. Ehr ich geh nach Bayreuth,
bleib ich libber in Berlin, obgleich im Aagenblick
hier sennen vill tolle Hünd — die mer ibbrigens
nischt können beißen, weil mer de Polleszei hot ge-
warnt, daß ich se sell gehn aas'm Wege, nämlich
de dolle Hünd. Was sell ich in Bayreuth? Szu-
mol in diese schlechte Szeiten oder sennen de Szei-
ten epps (etwa) nischt bedrängelt? Alle Russen,
sog ich Jhnen! Im Haudel un in Allem sennen
mer capore vom Resch (Kopf) bis szu de Füß
un de Pankrötter sennen noch das aanszige anstän-
dige Rettungsmittel bei den schlechten Szeiten. Ich
hob aach wellen machen aanen kleinen Reiwech
(Gewinn) un hob wellen liwwern szor Aasstattung
un szom Bau vun Struwelpeters Theater szu
Bayreuth, hot er mer geantwort't, er braachte nischt
szu kriggen geliwwert, weil er Alles hot, was er

braacht. Ä Spooß! a Narrischkeit (Narrheit)! Grütz
im Kopp hat er heint noch nischt.
   Un bei äsaau aaner miserabligen Szeit macht
der Reichstäg Gesetz ibber Gesetz. Was thu ich
mit all die Gesetzerche, wenn is capore Handel
un Wandel?! Noch ä Schmonze un noch ä Ver-
janze (faule Reden). Mach Schabbes doderven!
   Aß Se mer un ebber froge szom Schluß: we-
her diese seltsame Erscheinung vum musikal'schen
Struwelpeter? Un wer is er? So geb ich
Ihnen daraaf szer Tschuwo (Antwort): Er is der
klerste, sprechendste Abklatsch der graasamlichsten
Ibberhebung, wos sich macht breit in Aschkennas
seit 1870. Die Brutalität, wos nimmt szu bei uns
seitdem mit jedem Tag un greift ummer mehr um
sich, hot getribben hervor diese herrliche Blüthe der
Kunst un spiegelt sich in ihr jener jammervolle
Theil des Volks, den mer nennt den deutschen
Michel. Michel wor szu allen Szeiten un is heint-
szutäg noch aan bodenlos dommer Kerl. Doher
dieser Größenwahnsinn Struwelpeters, der,
aß saane großmäulige Anhänger behaapten, hot her-
vorgerufen dos „neie poetisch-musikal'sche deutsche
Nationalepos", dem Beethovens neinte Sinfo-
nie is aan „ibberwundener Standpunkt", der gött-
liche Meister selber norr des „A bun ihm", „Mo-
zart der salzburger Leierkastenmann", „Schubert
der wiener Bänkelsänger," „Weber ein hyper-
romantischer Mensch", „Rossini, Bellini ly-
rische Süßholzraspler", „Verdi Didelsumdei

„Shakespeare, Göthe, Schiller unmusikalsche Flunkerer" — Sie alle existiren nischt fer den graußen Wogner, se hoben vereinzelt de Künste un er vereinigt se alle szer Kunst. Was sennen ihm Tragödie un Oper? „Er serschlägt diese sinsisch-embryonische Formen un stellt wieder her des reine Menschenthum, des deutsche Menschenthum". Un wie? „Mit Beihilfe der urewigen Melodie un aanes unsichtboren, obber gesteigerten Orchesters, welches flötet, säuselt, senfzt, weint, träumt, grollt, hämmert, lärmt, tobt, blitzt un donnert wie der wilde teutonische Tor, denn er malt die Welt, des Weltall:
    Wo dem Urlicht
    Sich gattet de Urmacht
    In der Stille des Allseins —"

Genug, Se müßten sehen, wie sich geberden **Struwelpeters** Anhänger, gleich wie die Azteken um ihren Bizlipuzli, wie se hoben geschlagen un verbreit't aane Medaille, auf der saan oltes, langweiliges, nüchternes Gesicht, das, un wenn er ihm aufsetzt sechn Mol aan Sammetbarett à la **Rembrandt**, doch immer nerr bleibt des aanes eingebildeten sächsischen Schulmeisters, wie diese Medaille wird angekündigt in aanem Prospekt, wos beginnt mit den Werten:

„Nachdem Deutschland in bewunderungswürdiger Heldengröße seine nationale Wiedergeburt vollzogen, naht ein neuer epochemachender Moment heran, welcher — erst als Resultat jener großartigen Ereignisse möglich — berufen ist, auf **geistigem** Ge-

biete eine ähnliche nationale Wiedergeburt herbei=
zuführen.

„Es ist dies die erste Aufführung des ersten wahr=
haft deutschnationalen Festspiels Richard Wagners
„Ring der Nibelungen", das im August die=
ses Jahres in Bayreuth dem entzückten Beschauer
zum ersten Male vollständig, unverkümmert vor=
geführt werden soll, genau so, wie sich der Dich=
tercomponist dessen Darstellung als alle Künste ver=
einigendes „Kunstwerk der Zukunft" gedacht hat. —

„Nie hat sich ein modernes Volk wiederum mehr
und wahrer der Antike genähert, als in diesem
erhabenen Kunstwerke und in der durchaus eigen=
thümlichen Art seiner Darstellung.

„Während bisher Jahrhunderte sich abmühten
mit ihrer Wiedererweckung, unvermeidlich jedoch hier=
mit noch scheitern mußten, sowohl an dem lange
Zeit kindlich embryonischen Zustande der Künste,
namentlich der jüngsten, nämlich der Musik, als
auch an der Unentwickeltheit unseres Nationalge=
fühls, während wohl an fünf Jahrhunderte lang
der menschliche Geist zu kämpfen hatte, um sich auf
diesem Gebiete allmählich einigermaßen von allen
selbstgeschaffenen unkünstlerischen Fesseln zu befreien,
war das, was deshalb bisher Generationen und
Nationen versagt geblieben, nunmehr einem Einzigen
beschieden zu verwirklichen!"

Hören Se aanen jener am Wagnerkoller
leidenden Schmierer à la Heinrich Porges,
E. von Hagen u. A., von denen glücklich hoi

ſzu Stande gebracht der Letztere a a u e n d i c k e n
Band ibber de erſchte Scene vum „Rhein-
gold", ſo wird Jhnen werden gauß mieß (ſchlimm).
Ju dieſer Aasrüſtung verwegenſten Wagner-
tollers findet ſich unter Anderem Seite 160 fol-
gende Stell: „Wagners bedeutende Eigen-
art bannt allgewaltig allen wahrhaft
werthvollen Wahn des Weltweſens in
ihre Sphäre, drückt den Stempel des Ge-
nius darauf und ſchenkt ihn ſchöngeſtaltet
hochherzig der Mit- und Nachwelt." Fre-
gen Se dodernach niſcht: Wo is Dr. Puſchmann,
was hot veraasgeſagt de ganze Verrücktigkeit ſchon
vor vier Johr?

Der ſchöngeſtaltete Wahn vum Weltweſen, den
Struwelpeter, hochherzig aßer is, abſtempelt
mit dem Genius, üm ihn ſzu ibberreichen aß Ca-
deau der Mit- und Nachwelt, is er niſcht charak-
teriſtiſch ſer de Tollheitsgeſchwülſte, welche nerr de
Szukunftsmuſik vermag ſzu zeitigen an wirren Köp-
fen!? Denſelben coloſſalen Unſinn ſchwefelt Herr
Heinrich Porges un de ganze Clique, die dem
Großmeiſter niſcht nachgiebt an Verrücktigkeit un
Frechheit un daß Baades heint in dieſer erbärm-
lichen Szeit, wo der deutſche Michel nachſtolpert
dem Erfolg der Brutalität un ihn erhebt bis in
de Ganeiden (Paradies) wie aan Beſoffener, — doß
Baades Micheln gegenibber aasreicht, um ihm
ſzu verblenden de Augen, beweiſen der Dr. Bethel
Stroußberg, de berliner Gründer un Stru-

welpeter, szu geschweigen vun den politischen
Charletens.

Iebrigens gesogt Rebbe Schmul, bekannt un be-
heim) heb ich aane alte Pike auf de Natien der Asch-
kenosim (Deutschen) un wissen Sie werüm? Weil se
1. heint noch nischt weiß, wo liggt begraben un
wo is dos Keiwer (Grab) vun ihrem unsterblichen
Mozart;
2. weil se det gelaßt verhungern ihren Adam
Hiller, Dittersdorf, Gyrowetz, ihren graa-
ßen Carl Maria vun Weber, ihren Conradin
Kreutzer un ihren Lorzing;
3. weil se hot szusammengestellt uf Gerathewohl
un nach Gutdünken aas elf verschiedenen Todten-
gerippen aus'm Todtengewölb szu Weimar dos Ske-
let vun ihrem unsterblichen Schiller;
4. weil se hot gelaßt verhungern ihren Gottfried
Bürger un manchen andern graaßen Dichter;
5. weil ihre Schillerstiftung hot geschickt dasumol
dem graaßen Freiligrath 60 Thaler un gleich-
zeitig gegeben dem ungarischen Jiden Dr. J. L.
Klein, Verfasser vun mehreren derchgefallenen
Stücken, aane Pension vun 300 Thalern;
6. weil se hot gelaßt darben den göttlichen Beet=
hoven un vergeudet heint Honderttaasende an den
musikalischen Struwelpeter Richard Wagner.

Ich kann Ihnen sogen, Rebbe Schmul: Gor
kaanen Respekt sellt ich mehr hoben vor de Aschkenosim
un wüßt ich nischt, doß das Ganze norr is aane
verdammte Affenkomödie vun aanigen ehrgeizigen

geschmacklosen adligen Damchen à la Baronin Eckardtstein, Schleinitz, vun schriftstellernden Eunuchen, verkannten Dichtern, vun Malern, Bildhauern un Musikanten, denen Compositionstalent, gesunder Geschmack un Gehör schon sennen abgebunden mit der Nabelschnur à la Graf Redern, Graf Hochberg-Fürstenstein u. A. un doß de ganze graaße Nation der Aschkenosim aafschlägt un noch aafschlagen wird ibber den ganzen Kerl aan homerisches Gelächter, ich macht es, so wohr ich haaß Isaac Moses Hersch, wie der selige terkische Sultan Abdul Azis es hot gemacht: ich schnit mer aaf mit der Scheer de Pulsadern.*) So ebber will ich bleiben leben, üm szu schreien so lang ich kann: Charpe un Buscho! (Schimpf und Schande)! doß äsan aan Humbug is möglich in Aschkennas (Deutschland)! Charpe un Buscho!

So wenig wie schweigt still der Vulkan mit des Feuer in sein Bauch, so wenig schweig ich still mit dos Feuer un der Gall in mein Bauch. Ä Spoß! ich werd halten's Maul!

Un dedermit schließ ich mein Loweues un wünsch Ihnen Masel und Broche (Glück und Segen). Ihr

treuer Freund
Isaac Moses Hersch.

*) Manche sogen: er hot's gethan, weil er aach hot gehebt siebn bayreuther Patronatsschein un hot sich gefercht't doß er muß beiwohnen der Aufführung der Nibelungen. Kann schon sein. Wer bringt in die Geheimnisse vun Dolma-Bagdsche?!

Postscriptum.

Ferchterliche Noochricht, die mer eben geiht fzu, aß ich will schließen maan Schreibebriefle!!

Aß alter Talmudist wissen Se, libber Rebbe, doß es haaßt bei uns Jidden: Aweiro gaurehres aweiro (Sünde hot immer Sünde fzur Folge)! un doß es noch nie nischt is ergangen gut aanem Zounim (Feind) von uns Jidden, angefangen vum grausamen Haman bis fzum musikalischen Struwelpeter, was hot aach gewellt hargenen (morden) de ganße Jiddenschaft, weil se aach macht Musik, norr besser, aß er. Wie Haman hat aach dieser genummen de mieße meschunne (schreckliches Ende) — Chaswecholilo (Gott behüte davor)! so ferchterlich, aß doch nie nischt hot können gedenken un för möglich halten aan Menschenkind aaf Erden! Denken Se sich, wos is geschehen.

Aß Struwelpeter is gekimmen nooch Bayreuth hot er nach der ersten Aafführung vun saanem Ring des Riegelungen aafgesucht saane theure Freundinn, de Frau Ministern — Se wissen, wen ich mein' — un is gewesen aaf beider Seiten graußze Zechije (Freude) ibber dos Gelingen un doß sich kaan Sänger oder Sängerin hot aasgereutt oder gebrecht die Koll (Stimme) un is abgelaafen alles glatt. Hot se Kaaner derfen stören un hoben sich Beide gesessen gegenibber un hoben sich angerojent (angesehen) vor gegenseitiger Bewonderung; er, aß er hot gefunnen aane Seel, die behaapt't

53

szu verstehen saanen musikalischen Rabau, sie, vor
Entzücken, szu sein de aanzige Perßon, die hot so
viel Zeichel (Verstand) im Rosch (Kopf), üm szu
versteihn, wos versteiht kaan Vernünftiger un
Struwelpeter selber nischt. Stunden lang
hoben se sich unterhalten un hoben de Domestiken
doch nischt gewußt, wos se sellen denken doderszu,
wenn es is an der Thür nischt gewesen szu hieren,
sündern alles gewesen still, mäuschenstill in der
Stube. Is gekimmen der gnädige Herr Gemohl
un hot gewellt 'rein szu saaner Nekeiwe (Frau),
hot gesinnen (gefunden) de Thür verschlossen un
de Bedienten hoben ihm bericht't, daß de Excellenz
sich hoben geschlossen ein mit 'm graußen Cum-
penisten schon seit vier Stunden un mer hört un
sieht nischt mehr vun Beiden. Hot's getroggen
der Herr Gemohl mit 'r Forcht un hot angeklop-
peltes', denn stärker und hot geruft verschiedene M…
„Fraachen, mach aaf! Mein Engelchen, mach…
ich bin's!" Kaane Tschuwo (Antwort). Un h…
getroggen grauße Mackes Aime (Furcht), is…
gebrochen aus der Angstschweiß im Punem…
sicht) un hot gekloppt un gekloppt un Sof…
Sof (am Ende aller Enden) hot er vermuthet aan
Schlemassel (Unglück), hot gelaßt aafbrechen de
…ür und hot sich —
…Verschrecken Se sich nischt, libber Rebbe — un
sich dargeboten ihm un saaner Umgebung aan
jamlicher Anblick: aaf'm Sophatisch hot gelegen
weiblicher Szeigefinger rechter Hand un unter'm

Tisch hot gelegen aan männlicher graußer Zehe
vum linken Hinterfuß: Der grauße unsterb-
liche musikal'sche Struwelpeter un saane
Gönnerin hotten sich vor ibbergraußer
Bewonderung gegenseitig rarikal aaf-
gefressen, äsau, daß nerr sennen ge-
blieben ibbrig vun ihnen aan Zehe un aan
Finger!

Sehen Se, libber Rebbe Schmul, dieses
is des entsetzliche Ende, was hot genimmen der
forchtbare Zennim (Feind) von uns armen Jidden.
Er is gepeichert (gestorben) ärger, aß der Haman,
wos mer hot gehenkt aaf in aaner gebildeten
Weis an ä hoben Galgen, Struwelpeter is
gefressen aaf bei lebendigem Leibe: ä olew baschelem
(plötzlicher Tod), so originell, aß des ganze Leben
dieser in allen Besziehungen merkwördigen, obber
scht weniger aß edlen un sympathischen Natur.
er sich hätt' gemacht an uns Jidden, die mer
en wie de Stachelschwein: verschlucken kann
uns schen, obber nischt verdauen, hätt' er hübsch
ibberlegen des grauße Wort vum olten Kir-
chenvater Horaz: Quid quid agis, prudenter agas
ac respice finem, szu deutsch: Sieh' aafmerksam
szu, wo du hintrittst, denn Fußangeln können lig-
gen ibberall un's dicke Ende kimmt gewöhr
nach.

So is gestorben der neue Haman un
nischt mol hoben kewaje (Begräbniß)!

Letztes Postscripta... Zem Schluß, ber Rebbe Schmul: Fer den Fall, daß Se hoben viel Euchew nemen (Freunde) unter unsere Lait in Polen, wos handeln mit Pelzwooren, ásau sogen Se ihnen, se sellen se loschlagen fün jeden Preis. Struwelpeter wird einheizen in Bayreuth de Aschkenosim ásau, daß je noch bodervon werden schwitzen szu Neujohr — also fort mi' Schoden, se sellen loschlagen fer jeden Preis, f' Pelzwooren is aaf Jahr un Tag kaane Broch (Segen) mehr!

Druck von M. Schulze in Alsleben.